Fiestas

Día de Martin Luther King, Jr.

por R.J. Bailey

Bullfrog Books

Ideas para padres y maestros:

Bullfrog Books permite a los niños practicar lectura de texto informacional desde nivel principiante. Repeticiones, palabras conocidas y descripciones en las imágenes ayudan a los lectores principiantes.

Antes de leer
- Hablen acerca de las fotografías. ¿Qué representan para ellos?
- Consulten juntos el glosario de fotografías. Lean las palabras y hablen de ellas.

Lean en libro
- "Caminen" a través del libro y observen las fotografías. Deje que el niño haga preguntas. Señale las descripciones en las imágenes.
- Lea el libro al niño, o deje que él o ella lo lea independientemente.

Después de leer
- Inspire a que el niño piense más. Pregunte: ¿Qué celebramos el Día de Martin Luther King? ¿Cómo le puedes ayudar a alguien en este día?

Bullfrog Books are published by Jump!
5357 Penn Avenue South
Minneapolis, MN 55419
www.jumplibrary.com

Copyright © 2017 Jump! International copyright reserved in all countries. No part of this book may be reproduced in any form without written permission from the publisher.

Library of Congress Cataloging-in-Publication Data

Names: Bailey, R.J., author.
Title: Día de Martin Luther King Jr. / por R.J. Bailey.
Other titles: Martin Luther King, Jr. Day. Spanish
Description: Minneapolis, Minnesota: Jump!, Inc., [2016] | Series: Fiestas | Includes index.
Audience: Grades K-3.
Identifiers: LCCN 2016010674 (print)
LCCN 2016013803 (ebook)
ISBN 9781620315088 (hardcover: alk. paper)
ISBN 9781620315231 (paperback)
ISBN 9781624964718 (ebook)
Subjects: LCSH: Martin Luther King, Jr., Day—Juvenile literature. | King, Martin Luther, Jr., 1929-1968—Juvenile literature. | African Americans—Civil rights—History—20th century—Juvenile literature. | African American civil rights workers—Biography—Juvenile literature. | Civil rights workers—United States—Biography—Juvenile literature. | Baptists—United States—Clergy—Biography—Juvenile literature. | African Americans—Biography—Juvenile literature.
Classification: LCC E185.97.K5 B33818 2016 (print)
LCC E185.97.K5 (ebook) | DDC 323.092—dc23
LC record available at http://lccn.loc.gov/2016010674

Editor: Kirsten Chang
Series Designer: Ellen Huber
Book Designer: Michelle Sonnek
Photo Researchers: Kirsten Chang & Michelle Sonnek
Translator: RAM Translations

Photo Credits: Alamy, 10, 20–21, 22bl; Brandon Bourdages/Shutterstock.com, cover; Corbis, 3; Getty, 6–7, 23tr; iStock, 8–9, 12–13, 22tr, 23tl; Shutterstock, 4, 6–7, 18, 23bl, 23br; Superstock, 1, 5, 11, 14, 15, 16–17, 18–19, 22tl, 22br; Thinkstock, 24.

Printed in the United States of America at Corporate Graphics in North Mankato, Minnesota.

Tabla de contenido

¿Qué celebramos el Día
de Martin Luther King, Jr.? 4
Ser voluntario en el Día de MLK 22
Glosario con fotografías 23
Índice 24
Para aprender más 24

¿Qué celebramos el Día de Martin Luther King, Jr.?

El Día de MLK es un día festivo americano.

Es en el mes de enero.
Se lleva acabo en el tercer lunes.
¿Qué celebramos?

El Dr. King fue el líder del movimiento por los derechos civiles.

Él quería que todos tuvieran los mismos derechos.

Dr. Martin Luther King, Jr.

Le honramos.
¿Cómo?
Ayudamos a gente.

Del y Eva pintan una escuela.

**Tom construye una casa.
¡Increíble! ¡Trabajan muy duro!**

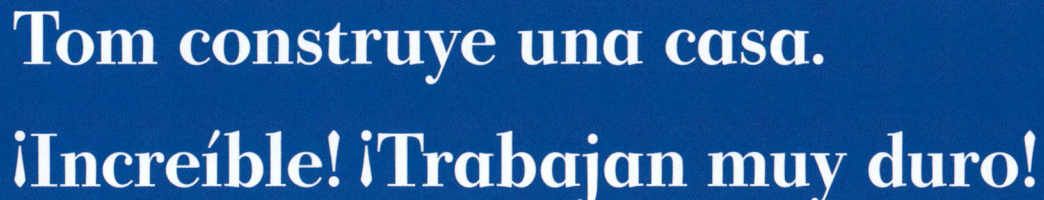

Vamos a un banco de alimentos.

Damos alimento a los necesitados.

Plantamos un árbol.

14

Vamos al desfile.

Es en memoria de Dr. King.

¡Mira! Jo tiene un letrero.

Ann lee un discurso.

Se titula "Tengo un sueño."

El Dr. King lo escribió.

Nos da esperanza.

Es un sueño profundamente arraigado en el sueño americano, que un día esta nación surgirá y vivirá verdaderamente de su credo, "nosotros mantenemos estos derechos patentes, que todo hombre es creado igual."

Yo tengo un sueño que ese día en las tierras rojas de Georgia, hijos de esclavos anteriores e hijos de dueños de esclavos anteriores se podrán sentar juntos a la mesa de la hermandad.

Yo tengo un sueño que un día aún el estado de Mississippi, un estado ardiente por el calor de justicia, junto por el calor de la opresión,

¡Siempre recordaremos al Dr. King!

Ser voluntario en el Día de MLK

limpiar vecindarios

dar de comer a los necesitados

pintar escuelas

construir casas

Glosario con fotografías

banco de alimentos Lugar donde se da comida para a la gente que la necesita.

movimiento por los derechos civiles Esfuerzo por los afroamericanos para obtener los mismos derechos.

basura Desperdicios los cuales son desechados, contaminación.

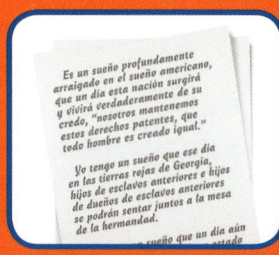
"Tengo un sueño" Discurso del Dr. Martin Luther King, Jr. el 28 de agosto de 1963.

Índice

alimentos 12
ayudamos 9
basura 15
construye 11
derechos 6
desfile 17
discurso 18
esperanza 18
honramos 9
letrero 17
pintar 10
plantamos 14

Para aprender más

Aprender más es tan fácil como 1, 2, 3.

1) Visite www.factsurfer.com

2) Escriba "DíadeMartinLutherKing,Jr" en la caja de búsqueda.

3) Haga clic en el botón "Surf" para obtener una lista de sitios web.

Con factsurfer.com, más información esta a solo un clic de distancia.